句集

一夜劇

Ichiya-Geki

Nakahara Michio
中原道夫

ふらんす堂

目次

句集

一夜劇

いちやげき

装釘　閒村俊一

二〇一三年　（平成二十五年）

鶏旦や古耳に届きて去年のこと

初反故を入れ屑籠の眠りに就く

驚きもなきこの年の雑煮椀

徒長の利むすび柳の役を得し

智恵つけて來て御慶など言はせけり

降り込んで雪のプールとなりにけり

一盞に屠蘇のべたつき始めかな

片付かぬ歳尾の見ゆる歳首より

酒ヵ力借りて四日もはや暮れぬ

言ひ聞かす海鼠萎縮をせぬやうに

外套の呪縛の重さ脱いで知る

水餅の息繼ぐ水を替へむとす

磨ぐまへの米の溫さよ良寛忌

飾り外さば風よりどころ失ひぬ

棟梁はつひぞ焚火に當たらざる
小火騷ぎありたる夜の微醺かな

竹馬にこの頃よりか世を見据ゑ

東京やなぎ句會「初夢」「藪入」「日脚伸ぶ」

初夢の富士の天邊缺けてをり

藪入の空也もなかが隣家より

日脚伸ぶ猫に背骨といふ峠

切れのなきことを難じて水雲啜る

魔羅神の鈴口に銭雪解風

西下

にほの海蘆《ろ》荻《てき》に水も温むころ

筌・竹瓫いつを最後に乾きたる

摘草を料るにさつといふ手順

ひたすらにも飽き何處ゆく風二月

立錐の餘地春雨の傘立に
懷手湖岸は煙るものとして

老残のなぐさみ盆の梅ひらく

つつがなく酒《ささ》が回ればば諸子焦げ

荒ち男の病むと聞きたり蜆汁

茫洋と春のみづうみ國土なす

啐啄やきさらぎの殻まだ堅き

切株《くひぜ》あり四温を誘致するごとく

小流れのここにも段差春の音

芽柳や粋筋は襟抜きにけり

にんげんに卒業あらばその後何

飛ぶやうに賣れ飛ばぬ日のいかのぼり

うぐひす餅菓箱のやうな口に入る

陶片に呉須の筆勢涅槃西風

梅伐らぬ莫迦も良いでは爪を切る

頑固より依怙地厄介野を焼ける

軌道逸れはたとかぎろひゆく漢

つちふるや鶏舎一日中忙し

かの山があらばかの川水温む
凡庸の見本がここに梅の空

たんぽぽは足許ばかり見て育つ

落つるとは憩《やす》むに似たり椿はも

樹皮剝けば新しき樹皮雪解風

近くゐて花季さへも會はぬ人

耳垢は風聞の利子萬愚節

蝶の晝産後二タ親かかりきり

花筏逸るこころを乗せてをる
大干潟歸るさの聲聞かぬふり

立ち退きを迫られてゐる貝やぐら

重箱の内側眞つ赤さくら騒

花鳥賊の末期引き抜く指力

さくら語のありて散り初めのふたみこと

ドロシーは卒業旅行よりふさぎ
十代の春はひえびえ人の中

花吹雪母の一日暮れにけり

稚鮎ほどはつか苦味の蹉跌あり

惜春やねぢれて果皮の剝きあがる

めしつぶを立たせる春のまつりかな

景にさへ貸し借りのあり松の芯

養蜂箱へ蜂視野狹窄のまま

赤坂／難波齒科

虚子の忌の抜歯一本一大事

鈴木鷹夫氏逝去

水仙の美學一本通し逝く

翁草ほどの變貌さてもさて
逃走の經路かぎろひの中にあり

外道ばかり釣れて腐らず遅日なる

春惜しむはつか酸くなる澤庵に

朧夜や嘘で固めしゼリー寄せ

東京やなぎ句會「田樂」「山吹」「春荒れ」「夏近し」

田樂の串いぢましく二度勤め

山吹の黄にはかなはぬ卵焼

春荒れの渡舟《わたし》休業札もなし

夏近し磁石のSとS不仲

齒《は》肉《じし》にも夏瘦せひそみゐる氣配

そもそもは海市に不向きなる容チ

桑《さう》楡《ゆ》迫らむとふらここにもう一度

憶念の入口に靨《ふた》焼さざえ

喪續きのまにまに春を惜しめとぞ

人拒むためのふらここ強く漕ぐ

バックミラーの逃水に追はれたる

鬼のをらぬ間の洗濯虹乾く

殘らざる歴史の闇を飛びし蚊も

浮草に心算のあり根を張らず

蜃氣樓永久保存縮刷版

行く春の歩幅云々するなかれ

おもしろや蝶のたつきの亂高下

國土緑化パセリ殘さずにと敎へ

深山は幽谷招きほととぎす

鳥籠を尾羽はみ出す青嵐

弔句より慶句むつかし牡丹鱧

えごの花樹下とふ見せ場誰も見ず

腋草をうるほす汗を拭かずゐる

知らずゐて蠅取紙の上を飛ぶ

葉櫻や家居いぶかられつつ家居

泰山木帛《きぬ》はもとより白からず
寧日はすたすたと過ぐ花うばら

蟻地獄獄中の手記なまなまし

ひきがへる轢かれ地表となり果てぬ

ふたたびの海嘯あらむ海つばめ

星《ほし》屎《くそ》の堕ちたる青田寝静まる

星屎＝隕石のこと

長汀は百里に足らず卯波寄す

蛸の足それぞれ勝手壺を出て

籐寝椅子自縄自縛のやうにゐる
お手隙のものの手を擧げよ草取らむ

惑星にそれぞれの軌道《みち》夜干梅

涼しくはならねど一席《せき》を設けたる

亞細亞とふ汗し雜交する臭氣

油蟲戰渦くぐりて給油せる

空舟《うつほぶね》夏暁を急ぐところあり

羅紗綿の中のらしやめん花溪蓀

つばめうを燕と分つ穹のあり

食差出て君揚羽われ立羽

枇杷の種隠し徹せるものでなし

まつり足袋浮き足立つを諌めたる

籐寝椅子向きあふ景色でもなからう

干草の嵩の以前の知られざる

その廰へ蚊帳の中よりしたるなり

日雷やにはに龜の歩み出す

膝下とふ饐えやすき處《とこ》蚊に知れる

風鈴の長口舌を聞く夜かな

舟蟲の時代悔しいけれど來る
道をしへ駄賃あらうとなからうと

すべからく散るはむつかしさるすべり
一蜩《てう》の聲百蟬にまさるとも

しのび咲くものにも夕立容赦なく

東京やなぎ句會「羅」「麥めし」

羅やいさみ立つ膚隠しもつ

蛇屋へとうすものすつと消えたらし

四の五のと言ひて褒めし殘さざる

藪蚊には聞き捨てならぬ駆除の報

逡巡に背を押されたる心太

お構ひもせずに風鈴鳴らせおく
ばつたりと納涼船の足も絶え

不死男忌の罐切うしろへと進む

うつせみの攀ぢるにまかす竹箒

鳴くための樹液か鳴けぬ蟬も吸ふ

夏草のいのち束ねて一息つく

蟲干しや家のはらわた出す思ひ

淀みなく母國語つかふ熱帯夜

蟬の穴誰も戻れぬやう塞ぐ

干梅に付き切り介護にも似たる

炎帝の失脚をこそ望むもの
桃の汁肘にて思案して止まる

阿佐ヶ谷時代のアパート（昭和四十九年）

敷金も禮金もなし西日付

開枕の人むかう向き蚊遣香

日盛りを出てゆく覺悟とも違ふ

晩涼のことに言葉を遠く投げ

萩括るまでの風の尾見え隠れ

こはもてに着くこと辭さず竊衣《やぶじらみ》

玉石も混淆もなし芋の露

人喰つたはなし自然薯下げて來て

意を得たる老舗廁の秋蚊遣

横濱山手

船笛の尾を秋聲と思ふなり

鬼胡桃鬼の棲むには手狭なる
いくそたび標的《まと》を外せる稲光

鎮座とは秋風に置く臼のこと

まだ色の抜けざる秋の風纏ふ

色變へぬ松も寂しきことと知る

澁皮があつての粟を食うべける

いのちにも油斷のありて枯れ兆す

秋蟬も嗄聲を恥とこころえて

馬追の杏と觸れたる髭の先

なまものに腐るいとまを秋の蠅

正客に野《や》干《かん》据ゑたるまんじゆしやげ

野干＝狐

聞かぬなり菌《きのこ》養ふ茶のその後

茶立蟲茶《ちや》杓《しやく》の銘を言うてみよ

旨さうなかたち氣の毒毒きのこ

長き夜の一輪の吸ふ水の嵩

老獪と茸の毒は手に負へぬ

長き夜の白むといふを待つ疲れ

蟷螂は不憫や鎌を置かず寝る

ひとつだに呉《くれの》薑《はじかみ》似るはなく

呉薑＝生姜の古稱

晝花火氣の濟むやうにさせておく

金剛に棲む月光を誘ひ出す

野分後の爪痕に水たまりゐる

とりかぶと取沙汰さるる過去少し

割柘榴修復は無理ならいつそ

渉猟は旅にも似たり地蟲鳴く

無患子のぬばたまをこそ衝きたけれ

「夏爐冬扇」ならいざ知らず
蕉風に秋扇といふ半端もの

ながらへてきくのきせわたしらじらし

全山と括られてより紅葉せり

秋耕やきのふの雨の畝がこひ

「ホトトギス」一四〇〇號記念祝賀會　三句

色變へぬ松百拾六年の風姿

汀子さん、椿さん　兩者仲良く握手

菊日和血は争へぬものと知る

南無と書き陀佛に石蕗の花明かり

「南無」だけでも「南無阿彌陀佛」を稱へたことになる。
安原葉氏の言葉

奥の手をつかふ焚火となりにけり

厠紙芯さむざむと回るのみ
掃かず措く花柊の本懐と

唐辛子こころみの舌狙ひ撃つ

言はんこつちやない秋出水甘く見て

鷹揚な時間良夜の茶葉ひらく

大阪／枚方　菊まつり　三句

菊尺の狂ひ小菊のひとつ分

同じ菊挿し側室と浮かれ女と

刻刻と時酷酷と菊腐す

ジェームズ・カーカップ氏
閑雲菴春水居士の戒名をいただき京都嵯峨野常寂光寺に眠る

供花なくば紅葉散らせよ一ト重ネ

錦市場

酸茎の葉たぶさは解けぬやう結はく

うつかりは凡人の常十日菊

間引菜の殘留組も引かれたる

茶の花や駿河さびしき富士なくば

あるじとは不平言ふもの褞袍着て

一九一・七センチ、ギネスブック公認

守口の大根禍々しき長さ

榻《ながいす》に先約の雪積もりたる

着水の水面堅しよクリスマス

振りあげて杵のひつつく師走空

掛取りにさせて無駄足二度ならず

茶の咲いて鳴海に静か魚目大人《うし》

寂しさは懐よりか關東煮《おでん》酒

新雪の嵩まだ敵視してをらず

秋田／藤崎地區の馬橇懐しく

馬橇など再び乗るはなきことと

歸りなん冬日が背ナを焦すゆゑ

手焙りを離れし手なりにはか老ゆ

死に逸《はぐ》れまた湯湯婆の世話になる

虎落笛耳蟬《じせん》を制することならず

耳蟬＝耳鳴のこと

人波に曳き残されし年の市

竹人形くべて炎となる雪となる

屁の玉を手圍ひに年つまる湯に

除夕とふすでにし遠し年の矢も

二〇一四年

（平成二十六年）

一〇九句

目じるしにならぬ桃割れ初芝居

足抜きの至難を言へり掘炬燵

光年の遙かゆるがす嚏せり

目垢つく寒の牡丹もよしとして

探梅にあらず訪梅といふべきか

涅槃圖に沙羅の雙樹のないがしろ

鎌倉／圓覺寺

青僧のけふは總出の雪を掻く

茯苓に乘りたる雪を取りくれよ

茯苓＝サルノコシカケ

隘《あい》路《ろ》にて雪の護謨長やり過ごす

白魚の目のやり場なく集まれる

茶巾鮨やぶれて中の春のぞく

老残といつてしまへば莖立も

雛壇の解體も濟み晝の酒

鏡中の時計過去へと戻り寒ム

海市へと舟出す糊口ありにけり

菜の花の海は海へとなだれたる

抹消の文字春愁に起きあがる

目こぼしは長けて見過す蕨狩

牡丹に見ごろひとつは覗きごろ

岐路に立ち蟻の一大決心よ

ハガキ選る指交ふ鳩居堂薄暑

かはせみに銜へられたるものの息

蟻喰の舌を登れる蟻二三

たかんなのためらひ傷のまま料る

こころある蝶なら海を征かぬもの

落角をとりまく修學旅行かな

臨終のごとく圍みて御辭儀草

留椀が出でて春逝く雨の音

唸るなら唸つてみせよ草刈機

八戸市蕪島—種差海岸

抱卵の海猫《ごめ》の眼赤く威嚇さる

海濱植物の寶庫

踏み込めぬやうに茂れることもがな

無駄足を厭ふ百足では困る

はじまりを知らぬも蟻の道らしく

目高の目つつと走れるつつと止む

たはやすし虹の根洗ふ波靜か

ほととぎす特許申請中のこゑ

福岡／宗像大社　境内にバクチノキが何本か

諸膚を脱ぐの脱がぬの博打の木

對といふ船形石の涼しさよ

宿見てののちの氣鬱よ河鹿鳴く

川上ミに遡上の桃もあれかしと

問診にちよつとだけ嘘櫻の實

溶接の火花地を焼く蚊食鳥

風鈴の舌に戯れ描き寸楮とし
老いざまが話題となりぬ巴里祭

さくらんぼ近くて遠き仲を裂く

巣立後の巣箱の傾ぎかと思ふ

弱竹に見合ふ願ひを結びたる

蠅帳の中より匂ふ一夜劇

鴨川蓮田句碑五周年　三句

草刈機狐日和を苦にもせず

ふくみ綿入れたるやうな蓮開く

いまごろは蓮田も雨に叩かれぬ
根絶やしにせぬ思ひやり草を刈る

蜘蛛の圍に凱旋門の置き場なし

ただならぬ雨音に驅く簷馬かな

鯰の目ずれて付きたるその造化

ケロイドといへども膚《はだへ》

廣島忌

嚴島神社

鳥居さへ自力で立てる炎天下

いつまでも夜爪を切りて鵺を呼ぶ

見るからに蟻の門《と》渡り汗の引く
助太刀に參る蟻とも思はれず

四國カルスト天狗高原

ひつじ雲斜面《なぞへ》に置かば群れを成す

石稜を研ぐ秋風にしてやさし

尾根の風わけても虎の尾を慕ふ

花火屑集めて荼毘に付すところ

昨夜氣の踊り櫓を解體す

御手掛が御出掛になる黒日傘

御手掛＝お妾さん

誘蛾燈死後うつくしと謂ひ難し

サーファーの半脱ぎ九月雨《セプテンバー・レイン》の中

デパートの食品賣場で産地名入り

ブータンを發ち四五日の松茸か

葛の花レインコートを傳ふ雨

菊の香の菊より離れそむどつと

まなぶたを下ろし蟲の音選つてをり

ユリイカは見付けたの意や星流る

家苞に指の食ひ込む寝待月

庫裡にゐて本堂にゐて蚊も秋と

終熄の雨呼ぶ曼珠沙華一列

萩に雨こんな日もなければ困る

うろこ雲是非また寄れといふ別れ

あきかぜや直線で立つふらみんご

筊《ど》は水を眠らせかねつ星月夜

江ノ島鍛錬會

檣頭のいらだちの搖れ遠野分

對岸の燈は眠らずに秋意濃し

つづれさせひと夜を棒に振るなかれ

江ノ電は庭先盗む式部の實

かまどうま髭ある障りなく跳べる

からすうりそんなところを何故選ぶ

傾城を横抱きにして菊師老ゆ

實篤の紙幅たつぷり聖護院《しやうごゐん》蕪

まだ残る柿とて景を辞しがたき

柚子袋玉の袋に近う寄れ

つるくびは猪頸異《け》なりや木枯來

默しゐる爲に咳込むいくたびか

鳰潜る徒労の底の見えてをり

小《こ》童《わつぱ》は小童同士つるみ冬

東京やなぎ句會／「霜夜」「蓑蟲」「小春日」「懐手」

霜夜かな生ゝ木の薪が泡を噴く

茨線に付く蓑蟲や基地はるか

廁より返事のしたる小春かな

懐手顎で人頭かぞへたる

欠伸する前から雪となる峠

しらじらと明けて冬菊活けてある

海抜をいくばく盗む霜柱

だみ聲は白鳥を出て餌をねだる

猩猩木《ポインセチア》アルバム捲るたび笑ふ

種子といふ眠りを冬の長さとも

瘦身《スリム》回教徒《ムスリム》冬帽を乗す顱頂《あたま》

凍星に現在地はた過去在地

掛取も來ねばさびしき戸《と》臍《ぼそ》かな

撞木にも根のある記憶除夜の鐘

決決と時も堰越す除夜の鐘

二〇一五年

（平成二十七年）

汲み置ける若水に灰吸はれけり

脱衣籠舊臘の紐垂れてをり

初景色遺りて松の名を馳せる

はつがすみ山を出て來る川の音

お揃ひの姉妹おそろしお年玉

お鏡も二段上なる空氣かな

ひとかどの人を待たせて恵方とす

松とれて湯引の鯛の反り身かな

雪意濃し色出しの鯉運び來て

雪上や揚げて眼を剝く鯉の息

握りては鳴かす雪玉さあ投げよ

熾る炭これより怒る炭をつぐ

赫々と怒れる達磨ストーブよ

はだら美《は》し起伏といふも意に適ひ

撫牛に地金のひかり梅早し

堅きことむめが蕾を一等と

梅と悔いづれあとさき狂ふのみ

小春日の禽《と》舎《や》出てなほも屈む癖

待春の亜弗利加菫《セントポーリア》晝夜なく

蜆汁いつぞやのことぶり返す

花菜漬壓されて咲くをとどまれる

きさらぎの野末に刺さる日矢一矢

臓器よりこころ何ゆゑ重き春

不審火に夜長をかこつことしきり

塔は根を持たざると仄聞《きき》く底冷す

大根にぷすりと箸の穴笑ふ

呑み込めぬ《ウロボロス》事情冬眠より醒めて

スウェーターは悉く穴穴を着る

球根は春突きあげてゐて苦し

暗誦のもの持ち帰れ受験生

探梅や阜《つかさ》直登するもよし

やらふ豆一粒口に入る豆

納税期轍ふらりと舞ひ戻る

午前より午後のみじかし藪椿

茎立の哀れ見て見ぬふりをする

風船は逃げの一手を考へる

ひづめやはらか春萌に私淑して

目を細め春が見えるといふ盲目《めしひ》

混みあへば春の光の押しあへる

春萌を眺め資産家風情かな

雛納めしたかガス栓は締めたか

むめの香を日溜り一人占めするか

褒めらるる言葉を待つてゐる春着

おぼろにて心掏り替へどきかと思ふ

蜜蜂に暇《いとま》與へてみたきとふ
たれの眼も遁れて蕗の姑よ

鳥の戀むんずと枝を摑みたる

花筵まがりなりにも閒續きに

魞を挿す力要るかと尋ねたる
さくら貝こころにもなきことを言ふ

レシートを長く打ち出す蝶の昼

ランドセル人生の荷をかつぎ春

蜷の道結びの地ありころと落つ

ひきがへる憂愁の皮脱ぎたまへ

湯の沸いて絹莢の筋取り始む

單車行く夜の新樹を逆立てて

落椿掃かれしところ狙ひ落つ

宇治市黄檗山満福寺　八句

はつなつの開《かい》梆《ぱん》の音待たれたる

開梆＝魚板のこと。食事の刻を知らせる

松蟬や雲の字坐る山號に

もの食むも音出すなかれ春の蠅

齋《とき》済めば洗ひに立てる松の芯

アイロンかけ苦手草むしりならやるわ

おいしうございましたと言へ蟻地獄

溫床のブラックリスト黴の花

茎立も背伸びと見られては遺憾

ふらここのここ振り切れといふ魔性

どこへとも着かぬ鞦韆漕ぎ續く

牡丹の二十重圍ひの中の日よ

萬緑の荒々しさに耐ふ野守

かまでして獲物を待つか蟻地獄

黑日傘たしか彌撒へと言ひしはず

芹の花そこは臭水《くさうづ》湧くあたり
臭水＝石油の古稱

消閑の具ともならんや端居して

羅が小體な店へ入るところ

消燈の意を察知せる御器嚙

讀了のものは捨てよと黴の花

どやどやと二階へ案内泥鰌鍋

出雲崎如意山如法寺句碑十七周年　二句

孑孑は水腐すところ熟知せり

土弄《いぢり》とふ遊び土まみれ汗まみれ
藏したる景の重さに滴れる

ぶつかつて大破もせずに蟬直ぐ鳴く

蛇の衣寄つてたかつて欲しがらず

山開き磁石に意志の生じたる

さうめんの二タ筋残しお勘定

風鈴や食後は牛になる算段《つもり》

島影を縫ふ船影の涼しかり

百疊の岩礁《いくり》展げて晝寢どき

草の絮選むに九十九島ある

八ッ橋に來て下駄を脱ぐかきつばた

東京やなぎ句會「杜若」「父の日」「蚊帳」

はたと手を揚げて挨拶かきつはた

古名は「かきつはた」と濁らず

父の日の手加減一手斷れる

蚊帳中の川の字かくも亂れたる

噴水の天頂の玉入れ替はる

上段の構へをかしや蠅叩

自由形《クロール》の抜き手そのまま抜けさうな
なめくぢりみためはやはらかうおます

走る蟻産婆迎へにゆくごとし

名も涼し鳴海絞りといふを召す

蟻下る轍渓谷かわききる

稲の花日輪かはし難く高し

蛇泳ぐみるみる岸を引き寄せて

乳牛の乳房すれすれ夏野へと

東京やなぎ句會、宗匠役　入船亭扇橋師匠逝く

航跡は光まみれや梅雨明けぬ

雲中に太《おほ》鼓《かは》の鳴る溽暑かな

蝶になる途中を蟻に曳かれたる

碩學に顎《あぎと》氣怠し雲母蟲

ところてん言はずもがなの間柄

頽齢に霍亂加へ人減らし

はんぺんに魚臭のなくて大暑なる

水蜜桃剝かば指紋の置きどころ

ひたむきな草刈る音の止みにけり

ペン先の泉涸るるな大昼寝

蹇《あしなへ》の脚ひそみゐる百足かな

寫眞家天野尚死去六十一歳

鰐斃《たふ》す男たりしが夏瘦せて

末伏の無理の祟りし體なり

水の粉の残るを水に溶きにけり

四國／石鎚山　三句

油點草みよかしの斑の薄れたる

定年後週五日標高一四〇〇ｍの成就神社まで郵便物を届ける人、恬淡と

背の汗を隔て郵袋登りゆく

立螺《りふら》の音霧から霧を渡りゆく

立螺＝ホラ貝を吹くこと

泥鯉の胴の觸れあふ松手入

離れよと言ふに残暑のやうな奴

蜘蛛の圍の留守を預かる者として

涼やかは鈴より發したる音とも

棗《くり》強《こは》飯《ひ》紙皿しなひ易けれど

九月十七日オーストラリア・ゴールドコースト　セダークリーク・ワイナリーのチャペルにて麻衣擧式。折しも春雷の騒き　六句

葡萄芽のほつほつもなし結婚す

芳春やバージンロード歩の合はず

言ひ澱む同意の言葉《イエス・アイ・ドウ》春の雷

春荒に家鴨祝福歩きかな

噴水は歓喜の丈を雨の中

春萌やその先も道あれかしと

叩かれし雨後の葛なり嵩もどる

俳優加藤武文學座葬／青山葬儀所　二句

密談の出來ぬ大聲菊日和

俳號は「阿吽」

阿に生れて吽に畢はりぬ露の玉

黍嵐ふつつかなまま嫁に出す

さうすれば良いと菊なと切りくれし
當世の暗がり絶えてからすうり

閑話休題《それはさておき》待ちがての酸橘來ぬ

藏六の背の龜甲も秋旱

改竄が明るみに出て蟲密か

もろともに錦秋落とす堰の水

霧を撮る畫面を戻しゆく時間

しろじろと明けて埋火眠り出す

寄鍋の箸恬淡とつかむもの
狼は時間の溪間さかのぼる

憑物は憂き者の業ゆき蟲も
むなしいといふは炬燵寝覺めてより

雪が來る前を綺麗に掃いてある

蒲團出て蒲田へ急ぐ列車かな

寄植の中に咳聲捨ててゆく

所用ありてテロの翌日パリに赴く

わざはひの餞ならむ霜の花

十一月十五日パリ・シャルル・ド・ゴール空港着

服喪かな全土凍てつく燈を落とし

前夜思へば

無差別の無は神のみぞ知る霜夜

祝盃の破片血染めの床凍つる

血を血で洗ふ絨毯の吸へる血は

牡蠣殻の残る晩餐最中なり

昇天の手續きもなく自爆・冬

死とともに敵意砕ける冬の薔薇

大天使《ミカエル》のうたた寝凍星の刺さる音

殺戮に霜月も神不在なる

ふたたびの銃聲寒夜貫通す

血は花と散る隠れ家《アジト》に暖取りし跡

悪夢なら醒めよ冬の蛾の刎死

結露せり窓織月に固く閉め

冬の朝明けぬ苛立ちニュース繰る

新聞・ＴＶでは自爆テロのことを〝KAMIKAZE〟と
日本の特攻隊の名を使用

神在にＫＡＭＩＫＡＺＥの吹く狂氣かな

悪の化神か、ＩＳはマルドロール

蟻塚を思へよ叩き潰す至難

戛戛と兵士日焼けにあらざる膚

警戒體制、黑人兵の割合多し

禿頭にグリーンベレーに冬の雨

冱てつのるはずなる自動小銃の指

エッフェル塔など観光施設再開

鳩の群岐けゆく迷彩外套《バトル・コート》隊

シメールの目の届かざり冬霞

シメール＝ノートルダム寺院の高所からパリを見守る傳説の怪獸神

凍てつく思ひそここに獻花臺

マロニエは迷彩の膚葉を落とす

主犯にも新年園むはずの家族

非常時といへどモンマルトル界隈は

アコーディオン弾き無月かりたて今晩は《ボン・ソワ》

散弾の弾《た》丸《ま》抜く狩獵《ジビエ》講釋を

とぐろ巻く血の腸詰《ブーダン・ノワール》聖夜待つ

ムーラン・ルージュ附近クリシー通り

ポン引きは懲りず言ひ寄る白息と

着膨れの私娼なら間に合つてゐる

リカールを所望新酒《ヌーボー》のヌーも出ぬ

折しも、十一月十九日はボジョレー・ヌーボーの解禁日

リカール＝アニス風味の食前酒

セーヌ川

滔滔と冬の蛇行を媚態とも

船上生活《ペニシエ》羨しや船底の冷えさへも

あとがき

抛つておけば、時間は實に寛大で〆切の督促もしない。全て自己責任「貴殿のことであるから」と素知らぬ顔で通り過ぎる。前回の『百卉』より氣が付けば參年が經つてをり、此の儘、偸安に流れる恐れありと、重い腰を上げた。參年などあつといふ間だ。その間に「銀化」誌および總合誌等に發表した凡そ壹千參百句から約半分の五百拾弐句を殘し、第拾弐句集とした。句集名の「一夜劇」は集中の「蠅帳の中より匂ふ一夜劇」に因る。昭和の一時代、冷藏庫が普及する以前に活躍した「蠅帳」または「蠅除け」は風通しの良い所に措けば食品の防腐遲延の效果がいくらかあつたやうで、どの家庭にもあつた。私もその蠅帳に吞話になつた吞代である。一家の亭主と妻の〝一悶着〟を常に祕めてゐるやうな「一夜劇」をニュアンスしたつもりだつた。ところが昨年（二〇一五年）十一月、まだ記憶に新しいパリの同時多發テロ事件、人の集まる場所が標的となり、多大な犠牲者が出た。呪はれた一夜の出來事であつた。これも總てが人種、宗教觀の違ひからの果しない〝悶着〟が原因である。それまでは〝テロ〟は遠く離れた處で起きてゐるとしか私自身認識がなかつた。數時間前に〝テロ〟が起きたばかりのパリに行くといふ暴擧に心配というより呆れる顏をされた。所用もあり、「行く」「行かない」の選択を迫られ、臍を括つた。

　日頃から日常から非日常への切り替へである「旅」をこよなく愛して來たが、今回の「旅」は、非日常の中へ、叓に經驗したことのない〝テロ〟といふ非日常が加はり、凡そ現實味のない繪空事、仕組まれた〝劇中劇〟の中にゐるやうな興奮を味はつた。主謀者の潛んでゐた〝隱れ家《アジト》〟から然程離れてゐない所に私の宿はあり、その距離から當然緊張は强ひられた。しかし同時に妙に弛緩した〝空氣〟が漂つてゐたのは慥か。そんな事態の中でも界隈の盛り場ではイスラム系の犯人と同じ人種の人達が店を開け、客を入れ何事もなかつたやうに營業してゐる。本當に〝テロ〟はあつたのだらうかと思ふやうな日常の風景。彼等にとつて多數派のイスラム教徒としての誇りはあり、埒外の、しかし予測出來うる「一夜劇」だつたのではないか。

ともあれ五日間の滯在の中で、結果として最後の方に措いた參拾參句を得た。歸國してからの日常へ舞ひ戻つた句は、どうも白け、無殘で入集するのを止めた。尻切れ蜻蛉のやうだが、最後の句で白晝夢が醒めたと思つていただきたい。

あれだけの犧牲者を出しても、パリ市民は「テロには屈しない」と言つてのける。「叩き返せ」の聲は聞き洩らしたが。これが舊くから覇者となりヨーロッパ吞界を統べて來た民族のプライドといふものだらう。實に冷靜、私の句の方がパセティックに過ぎたかも知れぬ。今回は「ふらんす堂」と裝釘を開村氏にお吞話になつた。感謝申し上げる。

二〇一六年七月猛暑　汗腺の健在を確認した日に

中原道夫

中原道夫（なかはら　みちお）

一九五一年　新潟縣西蒲原郡岩室村に生まる
七四年　多摩美術大學卒業
八二年　「沖」へ投句を始める
八四年　第十一回「沖」新人賞受賞、同人となる
九〇年　第一句集『蕩兒』（富士見書房）により第十三回俳人協會新人賞受賞
九四年　第二句集『顱頂』（角川書店）により第三十三回俳人協會賞受賞
九六年　第三句集『アルデンテ』（ふらんす堂）
九八年　第四句集『銀化』（花神社）／十月より「銀化」主宰
二〇〇〇年　第五句集『歴草』（角川書店）
〇一年　第六句集『中原道夫俳句日記』（ふらんす堂）
〇三年　第七句集『不覺』（角川書店）
〇七年　第八句集『巴芹』（ふらんす堂）
〇八年　セレクション俳人シリーズ『中原道夫集』（邑書林）
〇九年　第九句集『綠廊《パーゴラ》』（角川學藝出版）／和英對譯句集『蝶意』（邑書林）
一一年　第十句集『天鼠』（沖積舍）／百句他解シリーズ2『比奈夫百句を読む。』
後藤比奈夫×中原道夫（ふらんす堂）
一三年　第十一句集『百卉』（角川文化賎團）／『百句百話』（ふらんす堂）
現在　「新潟日報」俳句欄選者／日本文藝家協會會員／俳人協會名誉會員
住所　〒二六三-〇〇五一　千葉市稲毛區園生町一〇二二-一三

句集　一夜劇（いちやげき）

發　行　二〇一六年一〇月二五日　初版發行

著　者　中原道夫

發行人　山岡喜美子

發　行　ふらんす堂　〒182-0002東京都調布市仙川町一―一五―三八―2F

電話〇三―三三二六―九〇六一　Fax〇三―三三二六―六九一九

ホームページ http://furansudo.com　E-mail info@furansudo.com

装　釘　間村俊一

印刷所　株式會社トーヨー社

製本所　株式會社松岳社

定　價　本體三五〇〇圓＋税

※亂丁・落丁本はお取り換え致します。

ISBN978-4-7814-0914-6 C0092 ¥3500E